Collection MONSIEUR

Monsieur
RAPIDE

Roger Hargreaves

HACHETTE
Jeunesse

Il n'y a jamais eu personne d'aussi rapide
que monsieur Rapide.

Ce que tu fais en une minute,
lui le faisait en une seconde.

Par exemple, s'il avait ouvert ce livre
en même temps que toi,
il en serait déjà à la dernière page!

Monsieur Rapide avait construit lui-même sa maison.

Sais-tu comment il l'avait appelée?

« Mon dimanche ».

Pourquoi?

Parce qu'il l'avait construite en un dimanche!

Par ce beau matin d'été,
monsieur Rapide se réveilla à six heures précises.

Il sauta de son lit, prit son bain, se lava les dents,
prépara son petit déjeuner, l'avala, lut son journal,
fit la vaisselle, puis son lit,
et nettoya sa maison de la cave au grenier.

A sept heures, il avait terminé.

Quelle rapidité, n'est-ce pas?

Le voisin de monsieur Rapide,
lui, n'était pas aussi rapide.

En fait, il n'était pas rapide du tout.

C'était monsieur Lent!

S'il avait ouvert ce livre en même temps que toi,
il l'aurait... lu... comme... ça...

Il en serait encore à la première page!

Ce matin-là, quand monsieur Rapide frappa à sa porte
à sept heures cinq, monsieur Lent dormait à poings fermés.

La veille, après son déjeuner,
il était allé faire une petite sieste...

Elle durait encore!

– Oui... Qui... est... là?
demanda monsieur Lent en ouvrant les yeux.

– C'est moi, monsieur Rapide! dit monsieur Rapide.
Je peux entrer?

Sans attendre de réponse, il poussa la porte.

– Où êtes-vous? cria-t-il.

– En... haut...

Monsieur Rapide grimpa l'escalier quatre à quatre.

– Quoi! s'exclama-t-il. Vous êtes encore au lit!

Il obligea monsieur Lent à se lever.

Puis il lui fit son lit, lui prépara son petit déjeuner et lui nettoya sa maison.

Pauvre monsieur Lent!

Il détestait être bousculé!

– Bon, dit monsieur Rapide.
Profitons du beau temps pour nous offrir un pique-nique.

Monsieur Lent fit la grimace et gémit :
– Je... n'aime... pas... les... pique-niques.

– Allons donc !

Et monsieur Rapide se mit à courir de-ci de-là
dans la cuisine.

Une minute et demie plus tard, le pique-nique était prêt.

– En route ! dit monsieur Rapide.

Il poussa monsieur Lent jusqu'à la porte,
passa devant lui et partit...

Tu te doutes bien que monsieur Rapide
marchait très, très vite.

Et tu te doutes bien
que monsieur Lent marchait comme une tortue.

Monsieur Rapide avait déjà parcouru un kilomètre
quand monsieur Lent, lui...

... arrivait seulement à la barrière de son jardin !

Comme une flèche, monsieur Rapide revint sur ses pas.

– Dépêchez-vous ! ordonna-t-il à monsieur Lent.

– Je... ne... peux... pas... répondit monsieur Lent.

– Alors, nous allons pique-niquer dans votre jardin,
dit monsieur Rapide.
Mais il faut tondre la pelouse.
Attendez-moi, j'en ai pour une minute!

A toutes jambes, il fila chez lui.

A toute allure, il revint avec sa tondeuse et,
à toute vitesse, il tondit le gazon de monsieur Lent.

En deux minutes et demie!

Il aurait mis deux minutes
s'il n'avait pas dû contourner monsieur Lent
qui ne s'était pas écarté à temps.

– Bon! cria monsieur Rapide. C'est l'heure du pique-nique!

Et tous deux, par cette belle journée d'été,
firent un bon pique-nique.

Bien sûr, monsieur Rapide fit un meilleur pique-nique
que monsieur Lent car il mangea davantage que lui.

Monsieur Rapide s'étendit sur la pelouse.

– Merveilleux! dit-il. J'adore les pique-niques!

– Pas... moi... répliqua monsieur Lent.

– Et demain, poursuivit monsieur Rapide sans l'écouter,
nous irons pique-niquer pour de bon! A la campagne!

Monsieur Lent fit la grimace.

– Je viendrai vous chercher de bonne heure, ajouta monsieur Rapide.

Monsieur Lent fit une autre grimace.

– A demain! dit monsieur Rapide.

Et il rentra chez lui pour nettoyer sa maison du grenier à la cave.

Le lendemain, monsieur Rapide sauta de son lit
à cinq heures du matin,
prit son bain, se lava les dents,
prépara son petit déjeuner, l'avala,
lut son journal, fit la vaisselle, puis son lit,
et nettoya sa maison de la cave au grenier.

A six heures, il avait terminé.

Il courut chez monsieur Lent et frappa à la porte.

– Venez vite! cria-t-il.
On s'en va à la campagne.

Pas de réponse.

– Venez vite! répéta monsieur Rapide.
Toujours pas de réponse!

Monsieur Rapide poussa la porte,
grimpa l'escalier quatre à quatre,
entra en trombe dans la chambre de monsieur Lent.

Il n'y avait personne!

Monsieur Lent n'était pas au premier étage.

Monsieur Lent n'était pas au rez-de-chaussée.

– Oh, oh! fit monsieur Rapide. Où est-il donc passé?

Monsieur Lent était sous son lit!

Il s'était caché!

Il ne voulait pas aller à la campagne.

– Oh, oh! répéta monsieur Rapide.
Puisque c'est ainsi, j'irai tout seul!

Et il partit.

Sous son lit,
monsieur Lent se mit lentement à sourire.

– Quelle... bonne... idée... dit-il.

Et il se rendormit...
tout doucement!

RÉUNIS VITE LA COLLECTION ENTIÈRE
DE **MONSIEUR MADAME,**
UNE FRISE-SURPRISE APPARAÎTRA !

Traduction: Évelyne Hiest/ Révision: Jeanne Bouniort
Dépôt légal n° 40951 - février 2004
22.33.4839.01/1 - ISBN: 2.01.224839.X
Loi n° 49- 956 du 16 juillet 1949 sur les publications destinées à la jeunesse.
Imprimé et relié en France par I.M.E.